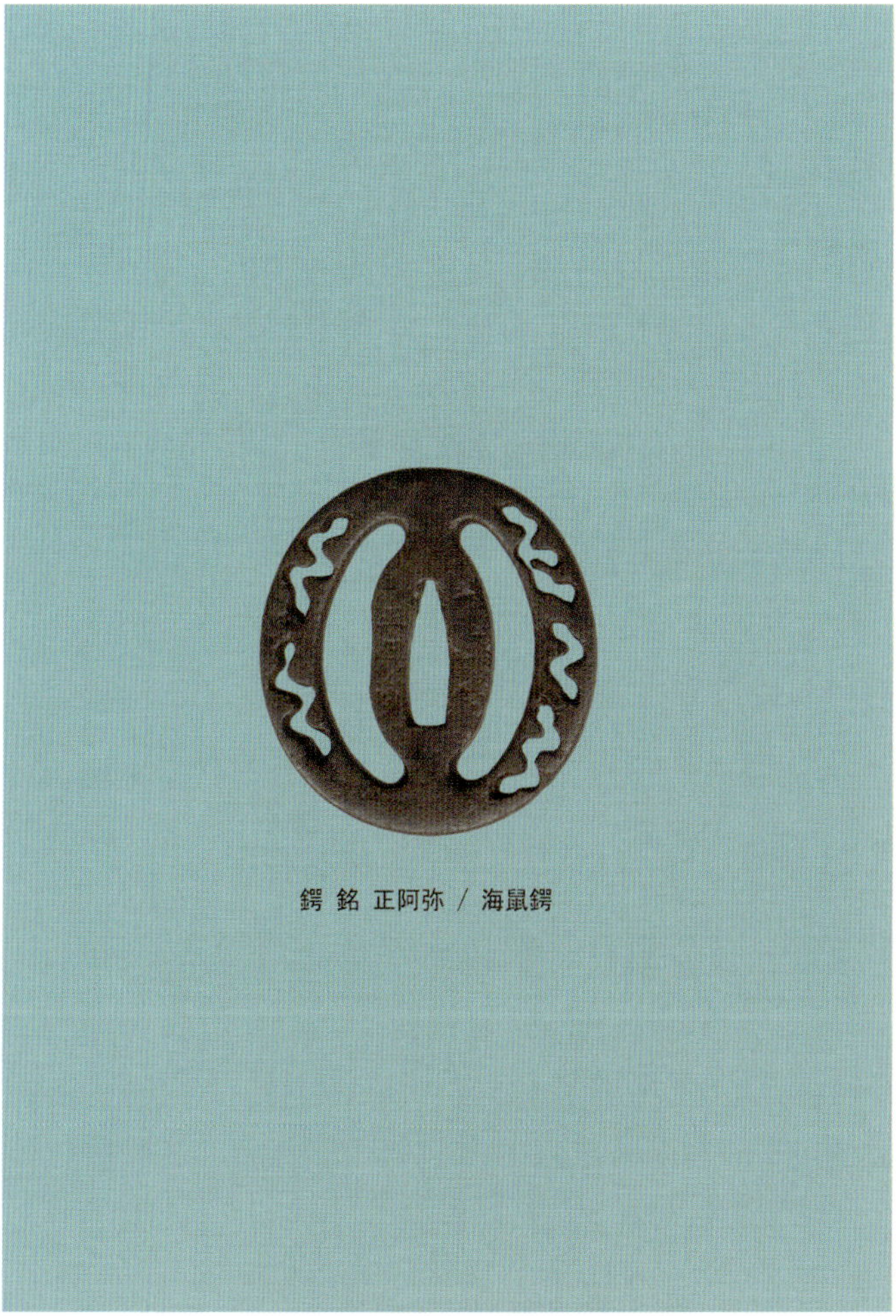

正阿弥作　海鼠若布透図

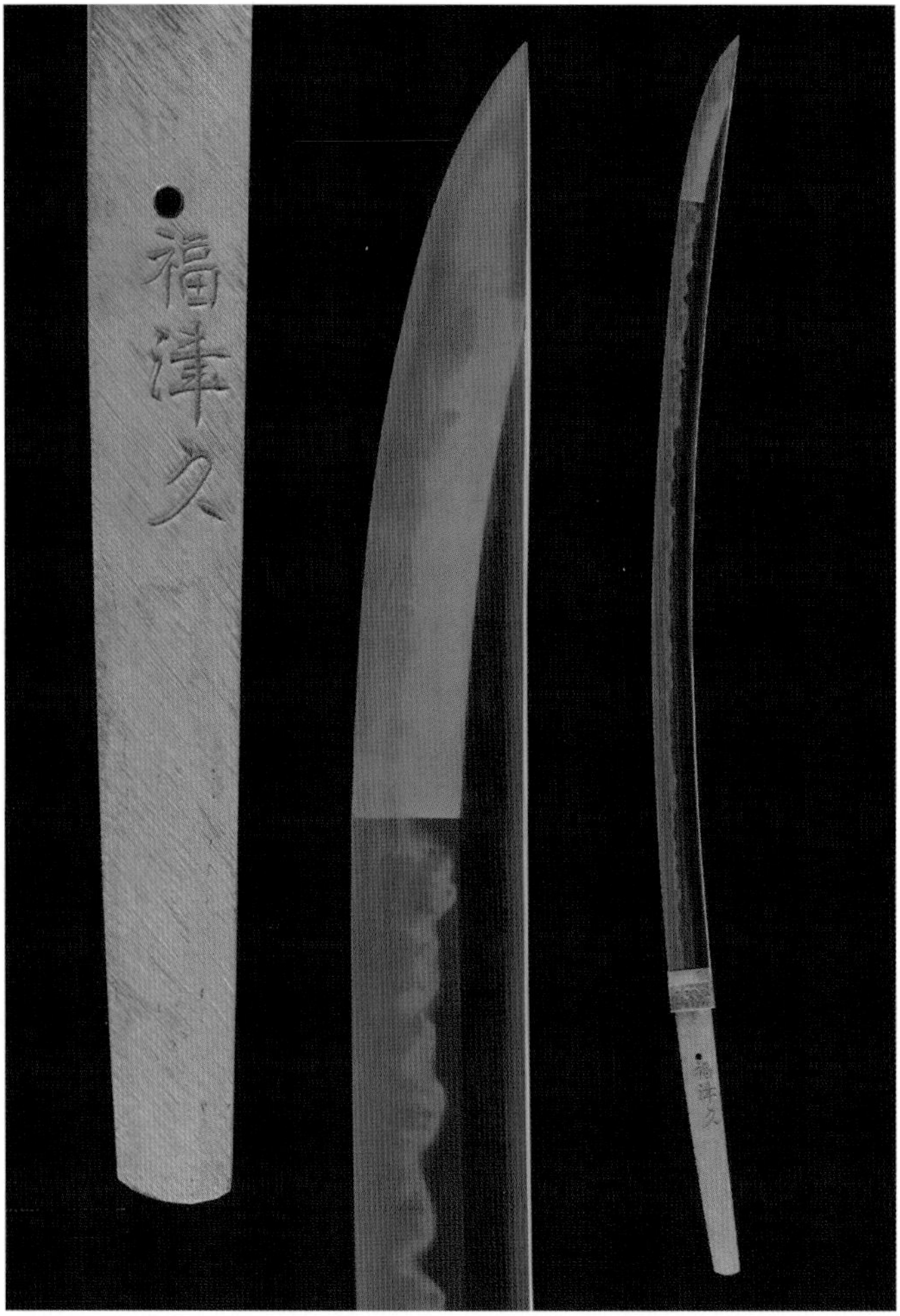

福津久作の刀

歌碑

はじめに

私は、刀鍛冶と刀剣研磨を業としている福津久です。この父の歌集を出版するにあたり、原稿を整理していると父と共に過ごした刀の世界の記憶が蘇ってまいります。この歌集を詠んだ父は、元公務員でしたが、休日には私の刀作りと刀剣研磨の下仕事を手伝ってくれ、炭切りから研き場の清掃など、いろいろなことをよくしてくれました。その父がある日、「俺に研ぎを教えてくれないか」と突然言いだし、嘘だろうと思って聞き返しましたが、「面白そうだから残りの人生研ぎにかけてみたい」と言い出したのです。今考えてみれば、それからの父は地獄のような日々が続いたと思います。それは、一歩間違えれば本人にとって大怪我につながる世界ですから大変です。しかし、よく我慢して続けてくれました。この歌集に何回となくそのような情景が出てきますので、楽しみながら詠んでみてください。

さて、少し私自身のことについても触れておきたいと思いますが、昭和四十二年五月五日に神奈川県藤沢市の大久保和平鍛錬場に入門させていただいてから五年後の昭和四十七年九月三十日に文化庁からの刀匠承認を得て現在に至るまでには、いろいろなことがありました。研磨は、大学在学中の昭和四十二年から大磯に住んでおられた人間国宝の永山光幹先生のところへ当初は客分の扱いで入門させていただきました。師は、私が工学部に在籍していたことから「君には伝統的な日本刀の鑑定と研磨を教えるから、私に最先端科学のマテリアル（研磨材料）とその理論を教えてくれないか」とのことでした。このことをきっかけに、刀というのは、古くて科学など存在しないように思われがちですが、それは全く違うということをあとで知ることになりました。師の企業秘密でもあるので全部は語れませんが、簡単に説明すると化学と科学が合体しているようなことでした。例えば、研磨剤にしても、刀の研磨をするとき出る金肌（酸化鉄）を数時間坩堝《るつぼ》で焼いて乳鉢で茄子紺色になるまで磨き潰すとか、お客様が誤って光らせてしまった刀の柄の部分の錆びつけ剤の開発とか、青砥と伝わる砥石の成分分析とか、その他もろもろ約七年間やらせて頂きました。一方同時に入門させていただいた刀鍛冶の大久保師匠のところでは、師匠が大型回転丸砥石が割れて大怪我を負い、運良く一命はとりとめましたが、その師匠に代わって師の刀の注文を取りに歩きました。当時数十振りの作刀依頼をもらったと記憶しております。ただ、仕事が少なくても、防衛庁からのサーベル作りは毎日やっておりました。

このようにして、私は神奈川と栃木を往復する生活を約二十年おこない、その後も栃木の地で刀匠としていろいろな経験を積ませていただき、今は、私の長男と次男が後を継いでくれています。父が残した歌集の中に、父が感じ苦労しておぼえた研ぎの世界と刀匠の世界を凝視してきた一辺が短歌となり描かれており、その短い文の中にでも、短歌の世界だからこそ味わえる趣《おもむき》を感じ詠んでくだされば幸いです。

歌集　日本刀　目次

研ぎ（二）

歌集　日本刀

研師　柳田　一
刀匠　福津久　編修

躍動

躍動《やくどう》に　満てる語調《ごちょう》にて　鍛刀の　許可を得しこと　子は知らせきぬ

着々と　鍛刀準備　進捗《しんちょく》し　日差し春めく　季節に移る

一隅に　吾の研場も　位置占《いちし》めて　子が期しきたる　鍛刀所建つ

朴《ほお》材《ざい》

発注後　半歳を経て　運ばれて　きし県北の　深山《みやま》の朴

白鞘の　素材の朴《ほお》の　ひき割りは　井桁《いげた》に積みて　風雨に晒《さら》す

家内挙げて　朴《ほお》の板割　皮を剥《は》ぎ　水洗ひして　立かけて干す

白鞘の　素材の朴の　板割りの　二十五石《こく》を　高く積み上ぐ

鍔《つば》

錆処理に　週余かかりて　この鍔の　毛彫《けぼり》の線は　現はれてきつ

正阿弥《しょうあみ》の　海鼠若布《なまこわかめ》の　透し鍔　いつも座右に　置きては拭ふ

研ぎ（一）

日々

研場にて　向かふ仕事に　雑念は　消え去りて　心改《こころあらたま》りきぬ

今日ひと日　生きるあかしと　精魂《せいこん》を　研ぎゆく技に　表はさむとす

思惑《おもわく》の　汚《けが》れもなくて　刀研ぐ　この手仕事に　生甲斐《いきがい》持ちて

春浅き　休日堤の　芝焼きの　賦役《ぶやく》済ませて　刀研ぐ午後

桶洗ひ　周囲拭ひて　外に出でて　春陽浴びをり　研ぎの区切りを

休日を　ひと日研場に　篭《こも》りゐて　夕べ見て佇《た》つ　春浅き野を

人来たる　かと思はせて　春先の　夜風吹き過ぐ　研場の外を

その姿　刃文長さと　鍛刀の　注文吾子《あこ》の　側に記録す

客らみな　帰れる部屋に　預かりし　刀に名札　付けて整理す

預《あずか》れる　研ぎの刀を　一面に　並べ春夜を　子と検分《けんぶん》す

蟋蟀《こおろぎ》

蟋蟀《こおろぎ》は　研場の隅ゆ　出できしが　吾が刀研ぐ　足先にきつ

改正砥《かいせいど》の　泥土の如き　研ぎ汁を　拭ひては研ぎ　一日過す

深錆《ふかさび》を　とりきることを　あきらめて　次の砥石を　桶《おけ》に浸《ひた》せり

忽《すなわ》ちに　心のゆるみ　現はれし　わが研ぎを衝《くび》く　仮借《かしゃく》なき評《ひょう》

職人の　吾も端《はし》くれ　よしあしに　自意識を高め　時に振りむく

二年余を　愛用しきて　細名倉《こまなぐら》の　白き砥石は　残り少なし

再びは　購《あがな》ひ難き　真白なる　よき細名倉　愛《お》しみつつ研ぐ

掌《てのひら》に　染《そ》むが如くに　研ぎ汁の　黒く付着し　拭へど消えず

砥石にて　荒れしるき掌《て》を　気にしつつ　吾に向けらる　盃を受く

横手切る　研ぎの技法は　最高に　むつかしければ　気《き》負《お》ひてかかる

深《しん》更《こう》

研ぎ三昧　耽《ふけ》る深更《しんこう》　閃《ひらめ》きて　技法の一つ　吾が体得す

人みなが　寝静まりたる　この夜更け　無念となりて　引く内曇《うちぐも》り

はたはたと　強き音させ　影投げて　研場の窓を　離れる大き蛾

顔面の　汗刀身に　落さじと　刀を研げり　根限《こんかぎ》りわれ

砥石の上　汗したたりて　落ちたれば　水かけ流し　又研ぎ続く

研場にて　夜更けの仕事　進みをり　時折しまる　新木の音す

刀研ぎの　今日の予定の　済みたれば　仕舞はむとする　深夜かそけく

○かそけく――かすかなさま

仕舞ふべく　研場を洗ふ　屋外《おくがい》は　濃霧となれる　寒の夜更けに

正念

ストーブに　先ず火を点じ　研場にて　前夜の研ぎを　たしかめむとす

仕上げ近き　工程となり　不本意な　箇所わが研ぎに　現はれてきつ

指だこが　できて疼《うず》けり　かくてわが　研ぎ正念の　技となりゆくか

遅くまで　昨夜は刀　研ぎゐしが　朝寒に撫《ぶ》する　腕の痛みを

氷割りて　砥石を洗ふ　夜更けたり　立木の雪の　崩れる音す

音もなく　雪降りつづき　更《ふ》くる夜の　しじまの中に　刀研ぎつぐ

身をのせて　一念凝《こ》らし　深山《しんざん》の　中にあること　ひたすらに研ぐ

老残《ろうざん》に　挑《いど》み刀を　この手もて　研ぎて美しき　復元を期す

就寝《しゅうしん》の　前のひととき　研ぎ上げし　刀横に置き　酔ふ迄過す

六十余振　刀手懸けて　夜な夜なを　研ぎ澄《すま》し来《き》つ　一年半を

わが研ぎの　安易なる姿勢《しせい》　戒《いまし》めて　プロなる吾子《あこ》の　いちいちの言

昭和五十一年の頃

神奈川と　栃木月毎《ごと》に　移り住み　子は鍛刀と　研ぎを業《ぎょう》とす

打ちかけの　刀炉辺《ろばた》に　置きしまま　子は神奈川に　移りて十日

次々と　電話かかりきて　刀工の　吾子《あこ》に声援　激励を賜《たま》ふ

時《とき》かけて　砥面中高《とめんなかたか》く　蒲鉾《かまぼこ》の　形につくり　仔細《しさい》に閲《えつ》す

肌荒れの　治まりてきて　わが研ぎの　遂《つい》に成したる　大きよろこび

仕上砥に　移らむとして　下研ぎに　荒れしおやゆびの　ささくれをそぐ

小きざみの　シャクり研ぎにて　砥石目の　整へくれば　刃文見えきつ

子が打てる　刀旬余《じゅんよ》を　地砥《じと》にのせ　引きに引きつつ　小肌かき出す
○旬余―十日あまりの事

むつかしさ　益々覚え　ある時は　途方にくれて　研ぎて七年

灯《ひ》に透《すか》し　鎬《しのぎ》の線の　通れるを　確かめ研ぎを　切り上げむとす

目釘抜き　中心《なかご》手入れも　次々《つぎつぎ》し　時を忘れて　春夜を過す

展示の日　近づく吾子の　作刀を　春めきてきし　夜々研ぎてをり

コンクール　出品刀の　搬入に　今年も着けり　参宮橋に

刀身彫に　子が使用せる　幾鉢の　梅は戸外に　地植えと為《な》せり

春嵐

玉鋼《たまこう》と　鋳物《いもの》鎔《と》かして　置く炉辺《ろばた》　春めく日差し　ひそと注《そそ》げり

つむ鉄の　構想を練り　幾日か　次の作刀の　準備に入りて

春嵐　荒ぶる今日も　火は燃えて　鍛錬刀は　素延《すの》べに入れり

家近く　なれば鍛治する　槌音《つちおと》の　しきりにひびく　春の日暮れを

発条《はつじょう》の　鉄槌《てっつい》始動　為《な》しをりて　鍛刀所内　活気満ちきつ

機に応じ　すぐに幾度か　松炭を　つぎては椌《むろ》ふ　鍛刀の側《そば》

鍛刀の　炉に炭つげば　忽《たちま》ちに　袋につける　火をば踏み消す

鏨《たがね》の音

打合せ　済ませて吾子は　工場に　吾《わ》は研場に　仕事開始す

笹口の　破片にぎりて　冷えしろき　昨日も今日も　樋《ひ》を研ぎくらす

○笹口――ささぐち、砥石の意

ある時は　力の限り　そして又　砥汁流して　力抜き研ぐ

吉日の　今日作刀に　銘を切る　子が打つ強き　鏨《たがね》の音す

時に語り　時には黙《もく》し　子と共に　夜の研場に　仕事続くる

試し斬り

青竹を　斬れる刹那《せつな》の　音のよく　その切り口の　見事に決まる

ブロックの　重ねに挑み　試し斬り　する寸前の　秒の緊迫《きんぱく》

ブロックの　重ね断截《たちき》り　障《さわ》りなし　七段の手の　福津久の太刀

庭先に　昨夜の名残りの　試し斬り　せる竹笹の　萎《な》え散乱す

残雪を　踏みて降りきし　河原にて　試し斬りする　朔風《さくふう》の中

○朔風《さくふう》―北風のこと

風の如く　人ら来《こ》りて　次々に　居合の技を　披露披瀝《ひろうひれき》す

○披瀝《ひれき》―本心を包み隠さず話すこと

切磋琢磨《せっさたくま》　成果《せいか》を瞬時　振り下ろす　刀にかけて　勝負を競ふ

荘重《そうちょう》な　その身のこなし　一変し　連続わざの　四方袈裟切り

○荘重《そうちょう》―おごそかで重々しいこと

その腕と　この抜群の　切れ味の　一体にあり　居合の技は

巻藁《まきわら》か　竹かに応じ　肉置を　決めて順次に　居合刀研ぐ

周辺

炭焼きの　家を尋ねて　夕闇の　うそ寒き道　行き戻りしつ

焼入《やきい》れに　近く用ふる　消炭を　今日は川原に　降りて篩《ふる》へり

柿芽吹く　下にて朝を　焼入れの　炭選別す　篩《ふるい》に掛けて

七十米《メートル》の　地下より上ぐる　この澄《す》める　刀を研ぐに　相応《ふさわ》しき水

しばらくは　蛇口開きて　放置して　研桶に満たす　地底《ちてい》の水を

鍛刀所の　移転整備の　遅延《ちえん》して　歳晩《さいばん》寒き　夜《よる》も行ふ

○歳晩《さいばん》—としのくれ

年末から　年始にかけて　鍛刀し　篭《こめ》る企画の　準備鋭意《えいい》す

刀打つ　よき玉鋼の　入りたれば　その一塊《いっかい》を　仏《ほとけ》に供《そな》ふ

陸前より　単車《たんしゃ》にて来て　刀工の　息《むすこ》に弟子入り　乞へり若きが

宮城に続き　福岡からの　電話あり　刀研ぐ子の　仕事と眺《なが》む

曲り直す　矯《た》め木の間《かん》の　刀身は　一瞬折るる　危機孕《はら》みつつ

炭焼き

大谷石　積み泥土にて　目張りをし　炭焼く窯を　初にし築く

寒天《かんてん》の　星空の下　炭を焼く　窯見守りて　時過ぎにけり

○寒天―冬の空

西風に　煽《あお》られ炭を　焼く煙　窯の四方《よも》より　洩《も》れて噴《ふ》きをり

隣接の　家に真向ふ　炭窯の　煙《けむり》の向きを　変ふる努力す

屋根として　置けるヘーベル　端反りて　赤々見ゆる　炭焼く煙

凍《い》てし土　水にて練りて　炭窯の　補強目張《めば》りを　急ぎ行ふ

初めての　炭窯なれば　大寒の　未明に起きて　確認に行く

十五時間　噴煙上げし　炭窯の　夜明け煙の　色変りきつ

炭切り

炭積める　ホークリフトに　吾《わ》も乗りて　炭を切るべく　今朝を移動す

まだ越さぬ　新居の庭の　一隅に　鍛刀の炭を　ひとり切りをり

温度の差　出ぬよう粒を　画一《かくいつ》に　ひたすらに切る　鍛刀の炭

刀打つ　炭切り三年の　言葉あれど　吾が八年を　担当しきつ

風向きの　時々変り　炭を切る　砕ける煽《あお》り　まともに被《かぶ》る

夕かげる　庭に砕《くだ》けし　松炭の　始末にかかる　篩《ふるい》にかけて

自らが　焼ける炭にて　鍛刀の　使用にたへる　こと確認す

吾が切れる　炭にて刀　打ちたるを　焼入れの夜と　なりて立会ふ

鍛刀の　一段落し　炭切りは　中途のままに　打過ぎにけり

ぶんご梅の　大木入りて　植ゑたれば　鍛刀の炭　切る場移動す

研ぎ（二）

共鳴

力の限り　汗し研ぎたる　仕法より　転じ飽《あ》くなく　坦々《たんたん》と引く

研ぎ味の　よろしき時は　胸底《むなぞこ》に　共鳴の如く　感動の湧《わ》く

耳澄ませ　刀研ぎをり　研ぐ音《おと》に　恙《つつが》忽《たちま》ち　伝はりくれば

入念に　研場拭ひて　濯《すす》ぎたる　桶に清水を　見たし配置す

透《す》くまでに　砥石を擦《けず》りて　つくりたる　地艶《じづや》静かに　次々と置く

研場の窓に　茂る胡桃《くるみ》の　影映り　移転してより　八ヶ月経つ

刃文絢爛《けんらん》

注連《しめ》張《は》りて　桧《ひのき》を床と　せる研場　六坪を日々の　わが舞台とす

網戸より　流れ入る風《かぜ》　些《すこ》しありて　雨後《うご》の夜更けを　研磨三昧《とぎざんまい》

浮遊する　塵の着くにも　疵《し》け付けば　研ぎの仕上げに　きびしく苦慮《くりょ》す

繰り返し　同じ仕事に　終始して　孤独の中に　果てしなく研ぐ

仕上砥と　なれば着衣を　改めて　清く拭へる　研場に戻る

焼深《やきふか》く　刃文絢爛《はもんけんらん》　妙味《みょうみ》満つ　刀刃引砥《はびきど》　重点に研ぐ

惻々《そくそく》と　身に迫《せま》りくる　ものありて　巡り会ひたる　古名刀研ぐ

備水砥《びんすいと》・改正《かいせい》・名倉《なぐら》余念なく　面造りして　水かけ流す

気にかけつつ　五日進めきて　荒研《あらと》ぎに　戻り直すと　決め寝《しん》に就《つ》く

牢固《ろうこ》たる　封建性と　しきたりは　払拭《ふっしょく》されず　周囲にありて

古備前

溢水《いっすい》に　仕上げの桶を　丹念に　先ず洗ひをり　研ぎに入る前
研ぐ程に　砥汁豊《としるとよ》けく　溢《あふ》れきて　古備前の太刀の　軟らかき鉄

刃と映《うつ》り　分離してきて　古備前の　細かき地肌　現はれ始む

本阿弥《ほんなみ》の　古式に倣《なら》ひ　しつらひし　研場の処々に　創意を入るる

さくさくと　時には軽く　そして又　重厚《じゅうこう》に引く　内曇砥《うちぐもりど》を

研ぐごとに　水にて流し　晴らすべく　同じ動作を　幾千回す

地砥《じと》に入り　旬日《じゅんじつ》を経て　この太刀の　小板目肌は　現はれてきつ

○旬日―十日ほど

森閑《しんかん》と　したる周囲に　自らが　刀研ぎつぐ　音のみのして

○森閑《しんかん》―物音が聞えず、ひっそりと静まりかえっているさま

刀匠が　その心魂《しんこん》を　傾けて　作りたるもの　意をつぎて研ぐ

幽《ゆう》幻《げん》

作られし　時代の儘《まま》に　保《たも》たるる　刀の中心《なかご》　鉄味《てつあじ》を愛づ

備前国　包平《かねひら》の太刀　遠き世に　在たる如く　ここに光れり

雲表《うんぴょう》の　はたてを仰ぐ　心地《しんち》にて　遠《おち》つ世のこの　太刀を拝する

○雲表—くもの上
○はたて—はて
○心地—心のおきどころ

千年の　歴史を秘めて　包平の　地鉄幽幻な　光りを放つ

七宝《しっぽう》の鞘

ずっしりと　歴史の重み　三《み》つ葉葵《ばあおい》　紋尽《もんづく》しなる　この拵は
桃山文化　色調強き　名門の　平田一族の　七宝《しっぽう》の鞘

七宝の　小太刀拵　刀身は　もと純金と　あり由来書に

刀狩りにて　持去られたる　七宝の　鞘は帰れり　ラスベガスから

護身用　江戸商人の　短筒の　赤樫《あかがし》把《と》っ手《て》　握る感触

松竹梅・千鳥・水車と　瑞雲を　彫る短筒の　この板飾り

○瑞雲―めでたいしるしの雲

平《へい》とのみ　銘ありしまる　匂口《においくち》　杢目流るる　高田の刀

鳥居反《とりいそ》り　樋は掻《か》き通《とお》し　直刃冴《すぐはさ》ゆ　岩石鋤《はばき》　高田脇差

この姿、刃文、鋩子《ぼうし》は　柳生流《やぎゅうりゅう》　寛文なかばの　虎徹《こてつ》の刀

銀の砂　煌《かがや》く如き　小糠肌《こぬかはだ》　先細りたる　金房正宗《きんぼうまさむね》

雪のやうな　匂口《においくち》して　細直刃《ほそすぐは》　長寸のこの　筑紫了戒《つくしりょうかい》

○やうな―ような

水牛《すいぎゅう》の　角口《つのぐち》を持つ　入子鞘《いりこざや》　中に長州《ちょうしゅう》　顕国《あきくに》の太刀

御番鍛治《ごばんかじ》　建武山城《けんむやましろ》　久国《ひさくに》の　作糸直刃《いとすぐは》　折り返し銘

在銘の　直胤《なおたね》所持せる　ことありて　無銘直胤《なおたね》　今日は入手す

窯変《ようへん》の　この冬廣の　皆焼《ひたつら》は激浪《げきろう》の如　荒れ躍動《やくどう》す

○激浪—はげしい浪

権力の　象徴示威《じい》か　絢爛《けんらん》たる　安土桃山　この太刀づくり

○示威—気勢を見せること

絹の糸　張りたるに似し　糸直刃　刃ぶちの冴えて　金《きん》に輝《かがや》く

優雅《ゆうが》なる　太刀姿にて　糸直刃　差し込み研ぎの　相応しつつ

○相応―ふさわしいこと

感触《かんしょく》

対人の　煩《わずら》はしさは　無縁にて　心置きなく　日々刀研ぐ

○対人―他人に対してのこと

出羽大掾《でわだいじょう》　国路《くにみち》の刀　研ぐことが　今朝の期待と　なりて起き出づ

切りに突き、筋違《すじか》ひ、引き夫々《それぞれ》の　砥石使ひて　研ぎを進める

地鉄よく　見ゆる場面《ばめん》を　求めつつ　研場照明　幾度か変へる

面目《めんもく》を　新たにしつつ　執拗《しつよう》なる　深錆《ふかさび》の刀　磨り減らし研ぐ

もの打ちより　研ぎて切先《きっさき》　懇《ねんご》ろに　なるめ横手《よこて》の　一線を切る

鎬地の　中窪《くぼ》みして　地肌との　稜線《りょうせん》ゆるく　孤《こ》を画き立つ

九州の　地鉄は詰《つ》みて　忠吉の　刀直刃に　二重刃交る

鍛治押しの　儘《まま》置き研ぐに　餅鉄《もちてつ》の　短刀金筋《きんすじ》　稲妻著《いなずまあらわ》し

左手に　白刃を掴《つか》み　研磨する　感触今朝の　秋めく中《なか》に

寧《ねい》日《じつ》

肌の出《で》ぬ　刀に今日も　対峙《たいじ》して　終始研磨す　肌を出すべく

肌荒れの　懸念も消えて　納《おさ》まりて　峠を過ぎて　研ぎ進みゆく

力抜くか　入れるかを決め　その鉄に　応じ刀に　拭ひをかける

肌黒く　刃文は白く　現はれて　対比増しつつ　飽《あ》くなく拭ふ

その立居《たちい》　静かに為して　ほこり立つ　ことなきを期し　拭《ぬぐ》ひをかける

○立居―たつことすわること

納得の　ゆく研ぎとなり　研場出でて　背凭《せもた》れ椅子《いす》に　暫《しば》しを憩《いこ》ふ

撩乱

十日余り　地砥《じと》を引き継ぎ　念願の　地肌となれり　撩乱《りょうらん》として

○撩乱《りょうらん》―入り乱れるさま

重刀の　伝行光《ゆきみつ》に　さながらの　短刀にして　振袖中心《ふりそでなかご》

板目肌　逆巻《さかま》きしぶく　激流の　迫力を持つ　この短刀は

宗寛《そうかん》に　寿命《じゅみょう》、兼元《かねもと》　三様の　尖《とが》り五《ご》の目の　刃文の刀

研ぐ程に　予想を越えて　上々作　清光となり　その広直刃

遍《へん》歴《れき》

重ね厚く　樋を搔《か》き通し　玲瓏《れいろう》と　大慶直胤《たいけいなおたね》　造《つくり》備前伝

○玲瓏《れいろう》―玉や金属が澄んだ音で鳴る様子

本阿弥《ほんなみ》の　擦《す》れて古びし　折紙や　この直胤《なおたね》の　経たる遍歴

犯《おか》し難《がた》き　気品を湛《たた》へ　片切刃《かたぎりは》　直胤の刀　浅き反りにて

踏まえへ木《ぎ》を　踏まへ終日　研ぎたれば　その感覚が　消えず残れり

大方の　好みは黒き　地肌にて　わが意押《おさ》へて　黒く拭ひす

地肌黒く　仕上げる刀　受けがよく　分度《ぶんど》を越えて　黒く拭ひぬ

漉餡《こしあん》に　似たる色して　湧《わ》く如く　砥汁溢《あふ》るる　一引き毎《ごと》に

研ぎ易き　箇所は何時《いつ》しか　窪《くぼ》めるに　今日は次々　砥面《とづら》を直《なお》す

如月《きさらぎ》の　朝陽普《あまね》く　差す研場　昔の仕方　にて刀研ぐ

雅《が》味《み》

吾が刀　始めし頃に　縁ありて　所持せる心慶《しんけい》　胤光《たねみつ》を研ぐ

紫檀《したん》鞘に　納め愛《め》できし　清麗《せいれい》にて　練《ね》れし地鉄の　筑紫信国《つくしのぶくに》

○清麗―きよらかで、うるわしいこと

一様に　僅《わず》かふくらみ　刀身は　こんもりとせる　肉置《にくおき》を持つ

研ぎ用の　眼鏡《めがね》に換へて　次々に　刀に油　むらのなく引く

砥石目を　見るに難儀《なんぎ》し　研ぎ用の　眼鏡は又も　及ばずなれり

視力頓《どん》に　落ちきし自覚　研場より　上《あが》り自《みずか》ら　瞼《まぶた》指圧《しあつ》す

伊予掾《いよのじょう》　源宗次《みなもとむねつぐ》　独特の　細き中心に　正真《しょうしん》の銘

丈長く　順次細りて　反りを持つ　時代中心は　稚味《がみ》に満ちつつ

棟厚《むねあつ》く　掻《か》き通《とお》し樋《ひ》の　融和《ゆうわ》して　この一腰《ひとこし》の　華麗《かれい》なる冴え

鞴祭《ふいごまつ》り

鞴祭《ふいごまつ》り　古事《こじ》を偲《しの》びて　人寄せて　霜月《しもつき》八日　期して行ふ

紅白幕《まく》　囲《かこ》ふ鍛刀　場と庭　人満ち寄りて　鞴祭りす

上弦《じょうげん》の月

肌白く　青き刃縁《はぶち》の　深奥《しんおう》な　二王清忠《におうきよただ》　今日地砥《じと》に入る

清忠の　彫りある刀　陰陽の　表裏の像の　持てる表情

一本の　竹を配して　突端《とったん》に　遥《はる》か上弦の　月彫る刀

武骨にて　相伝風な　室町の　脇物鍛治の　この同田貫《どうだぬき》

小切先　直刃波平《なみのひら》　船乗《ふなの》りが　海路の無事を　祈り帯びしと

正宗

その性《しょう》の　反する鉄を　一振に　纏《まと》め鍛へし　正宗の作

動《どう》と静《せい》　表と裏の　作風の　異なる正宗　作の短刀

正宗を　架空《かくう》な鍛冶《かじ》と　為す説を　となへ人心《じんしん》の　虚《きょ》を突ける人

正宗の　技《わざ》は一代　確保せる　鉄隕石が　素材との説

餅鉄を　用ひ鍛錬　せる刀　肌も刃中も　正宗に似て

十年を　経ても感動　新たなり　この手に持ちて　正宗を見き

貞宗の　朱銘の曾《かつ》て　ありしとふ　短刀延文《えんぶん》・貞治《ていじ》の姿

伝貞宗の　認定を受けて　見せにきつ　月余《げつよ》をかけて　研げる短刀

○月余——一ヶ月あまり

清流

しっかりと　白刃《しらは》握《にぎ》りて　一体と　なり刀研ぐ　意を通《かよ》はせて

地引砥を　遮二無二《しゃにむに》かけて　その地肌　力一気に　掻き出さむとす

研ぎ半ば　砥汁《としる》拭《ふ》きては　成り行きを　期するものあり　幾度も見る

研ぎ進み　竹の篦《へら》にて　盃《さかずき》の　ぬぐひ油を　混《ま》ぜかきまわす

単調なる　わざ積み重ね　極限の　美を果てしなく　追求し研ぐ

清流を　見るが如くに　刃は研げの　至言《しげん》思《おも》ほゆ　刃取りをしつつ

合致《がっち》

忽《たちま》ちに　忙しくなりて　数振《すうふ》りの　刀並べて　順次研磨す

選びたる　砥石刀に　合致して　研ぎ味のよく　突く細名倉《こまなぐら》

午後となり　陽差し移れる　研場にて　刃砥《はと》に進みて　刀研ぎつぐ

右の手の　人差指に　刃取機の　微動続きて　仕上げに進む

重花丁字《じゅうかちょうじ》　刃文を拾ふ　至難《しなん》さも　なく意のままに　音波刃取りす

螢光灯　裸電球　みなつけて　研場照明　昼の如くす
思ふごと　研ぎはかどりし　一日にて　心安らぎ　冬夜を過す

ハンセン氏

ハンセン氏　濠州《ごうしゅう》ゆ来て　依頼あり　真改・正則・　国助の研ぎ

柄頭《つかがしら》・目貫《めぬき》・鍔・鞘　一作の　拵《こしら》へにして　千鳥を配す

富祐《ふゆう》なる　江戸商人が　腰に帯び　そと出為《でな》しけむ　凝れる脇差

正重の　師にさながらの　刃文にて　表裏の揃ふ　湾《のた》れ刃を焼く

延宝の　攝津の国の　真改の　直刃の刀　錵《にえ》深くして

まがふ方　なき刃文　拳丁字《こぶし》　二代国助　中河内にて

濠州帰り　正則の刀　彫りありて　人間無骨、　摩利支尊天《まりしそんてん》

福津久《ふくつぐ》

鉈豆《なたまめ》の　蒔絵《まきえ》拵《こしらえ》　その中に　蔵《ぞう》す鋭き　おそらく造り
鉈豆《なたまめ》の　つくりに納め　福津久の　おそらく造り　君は家蔵す

地は詰《つ》みて　刃中稲妻　砂流《すななが》し　包丁《ほうちょう》正宗　写す短刀

相州伝　上位を倣《なら》ふ　肌物に　鞘も福津久作　蝦老《えび》造り

吾子が打つ　刀に刻む　幾首かの　歌を得るため　歌詠《うたよ》みてきつ

執《しゅう》念《ねん》

いや増して　その持つ力　現はすに　執念となりて　研ぎ継ぐ刀

一門の　刀次々　集まれる　奇《く》しき出会ひを　研場に思ふ

凍りたる　拭ひ油の　解くる間を　研場に座して　所在なく待つ

研桶の　氷砕きて　寒に入る　研ぎ早々と　今朝《けさ》を為しをり

持主の　移り変《か》はりて　十年の　期間に三度　研ぎたる刀

懇《ねんご》ろに　周囲を拭ひ　吹き出でし　風気《かざき》にしつつ　仕上げに移る

刀身の　砥石に当る　接点を　握る手首に　位置測り研ぐ

力抜き　拭ひをかける　座仕事《ざしごと》を　今日も続けて　夕べとなれり

右肩の　下がる研師の　通弊《つうへい》を　映すガラスの　吾が影に見つ

右肩の　下ぐる研師の　通弊《つうへい》を　矯《た》めんと故意に　上げて歩めり

焼入れて　苦心せる夜の　そのままと　なりゐし後《あと》を　今日は始末す

素《す》振《ぶ》り

指疵《ゆびきず》の　直るを待ちて　所在なき　幾日過せり　研ぎを離れて
屋外の　朝の光りに　その研ぎを　たしかめに出で　素《す》振《ぶ》りを行ふ

この刀　もて蟠《わだかま》り　断《た》ち切りて　生きむと期して　今朝を素振りす

薄明《うすあけ》に　電話のかかる　千葉県の　山より炭を　積み今発《た》つと

五時間を　要し千葉より　鍛刀の　松炭を積み　トラック着けり

大阪

大阪に　着きてホテルの　八階の　部屋に刀の　重き荷を置く

刀剣審査　終るを待ちて　終日を　この大阪の　宿に過《すご》せり

鞴開《ふいご》き

頭垂《あたまた》れ　修抜《しゅうばつ》を受く　半歳《はんさい》を　鞴開《ふいごひら》きの　準備為《な》しきて

〇修抜──みそぎを行うこと

玉鋼《たまはがね》　麻に結《ゆ》はれし　三方《さんぽう》を　刀匠畏《かしこ》み　武将より受く

先手二人　擁《よう》し刀匠は　炉の前に　出《で》て火造りす　鞴開《ふいごびら》きの

松炭の　炉中に爆《は》ぜて　映《は》える際《さい》　鞴開《ふいごびら》きの　刀打ち打つ

先手《さきて》らが　急ぎ設《もう》けし　鍛冶研ぎの　場に刀匠は　鍛冶研《かじと》ぎの所作《しょさ》

仕上げたる　刀翳《かざ》して　徐《おもむろ》に　納め刀匠は　武将に献《けん》ず

鍛冶場

窓外に　胡桃《くるみ》の枝葉　茂るまま　鍛冶をせぬ日の　鍛冶場小暗《こぐら》し

藁《わら》を燃し　鍛錬前に　藁灰《わらばい》を　つくる煙が　場内に満《み》つ

近き日に　刀打つらし　丹念に　子は炉の掃除　今日は為《な》し終《お》ふ

刀打つ　体勢に入り　ふいご吹き　昨日今日子は　道具作りす

そのかみの　木挽鋸《こびきのこ》　鍛刀の　材料にとて　数多《あまた》集《あつま》る

鍛錬

多々良《たたら》にて　吹きかためたる　大塊《たいかい》の　鉧《けら》を砕《くだ》ける　この玉鋼《たまはがね》
挺鉄《てこてつ》に　島根よりきし　玉鋼　その小片を　先ず積《つ》みわかす

組合《くみあ》はす　鋼《こう》の決まりて　下鍛《したぎた》へ　開始す火との　対決の日々

ふいごの風に　息づき揚《あ》がる　火柱に　面《おも》を照らして　子は刀打つ

灼熱の　鋼《こう》を切りては　折返へし　時を争《あらそ》ひ　叩《たた》き付けつつ

鉄わかす　炉の火に火花　爆《は》ぜくれば　瞬時とり出し　槌に打ち打つ

打ち叩く　灼熱の鉄　金肌は　忽《たちま》ち剥《は》げて　黒くなり落つ

炉中にて　熔けたる鉄の　こごれるを　火を掻分けて　かき出し除く

千二百度　近き炉中に　鍛刀の　鉄塊《てっかい》は爆《は》ぜ　わききし音す

鉄鎚《てっつい》に　打たれ灼熱の　鉄塊は　飴の如くに　めり込みにけり

熾烈《しれつ》なる　火と対決の　折り返し　鍛錬済みて　入る造り込み

熔解《ようかい》の　危機を孕《はら》めば　目を凝《こ》らし　素延《すの》べの刀　沸《わ》くを見極《みきわ》む

焼入れ

焼刃地《やきばじ》に　入るる砥石の　おほむらを　崩《くず》し戸外《こがい》に　薬研《やげん》にて摩《す》る

○おほむら―大村砥の意

乳鉢に　配合されし　焼刃土　焼入れ近く　ひたすらに擦る

霙雪《みぞれゆき》と　なりたる午後を　素延べせる　刀に鑢《やすり》を　かけ整形す

鍛刀所の　窓べ傾《かたむ》く　陽《ひ》を受けて　吾子はひそと　土取りてをり

焼入るる　準備ひと日《ひ》し　土取れる　刀掲《かか》げて　夕べ乾《かわ》かす

鍛刀所に　内鍵かけて　この年の　締め括《くく》りする　焼入れを為《な》す

土取りて　乾燥に入り　焼入れを　待つ夕方を　小雪振りきぬ

焼入れの　炉の堆《うずたか》き　松炭に　火を点《てん》じをり　鞴《ふいご》を吹きて

焼入れは　炉の火の色が　頼《たよ》りとぞ　云《い》ひをりて今　ただに凝視《ぎょうし》する

焼入れの　炉の火の色に　極限の　刹那《せつな》決めんと　しつつ窺《うかが》ふ

○刹那――一瞬間

温度調整　瞬時行ふ　火炎《かえん》煽《あお》る　焼入れ炉上　刀翳《かざ》しつつ

鍛刀の　幾日切磋《せっさ》　瞬時《しゅんじ》なる　焼入れに今　成否《せいひ》かかれる

○成否―成功か失敗か

水槽に　温水満たす　段階と　なりて迫《せま》れり　焼入れの刻《とき》

水槽の　温水温度　保ちつつ　焼入れするを　傍《かたわ》らに待つ

送風を　強くさせつつ　焼入れの　炉中《ろちゅう》極限の　刻《とき》を窺《うかが》ふ

極限に　迫る火中に　刻々と　刀身は今　焼入れらるる

焼入れし　刀を刹那《せつな》　水槽に　投じ待《じ》しつつ　耳澄《みみす》ましをり

水槽に　突き入れし時　焼入れの　地底《ちてい》どよもす　如き鳴動《めいどう》

潮騒《しおさい》の　如き音して　水槽に　焼刃土落《やきばつちお》ち　焼入れは済む

焼刃土　掻き落す時　焼入りし　手応《てごた》へ腕に　伝はり響く

刃切れおそれ　ながらに叩く　焼入れし　刀の姿《すがた》　矯《た》めんとしつつ

焼入れを　したる刀を　子と交互　試し研ぎして　刃紋《はもん》見むとす

石突《いしづき》の鉄

縁ありて　入手をしたる　宿願《しゅくがん》の　刀傍《かたわ》に　夜を祝《ほ》ぎ更《ふ》かす

○宿願――前々から持ち続けていた願い

その作の　稀《まれ》な鎌倉　末期なる　西蓮《さいれん》のこの　薙刀直《なぎなたなお》し

たけだけしく　金具を纏《まと》ふ　幕末の　太刀拵は　覇気《はき》を蔵《ぞう》して

飽《あ》かず眺《なが》め　幾日か過《す》ぐ　幕末の　太刀拵は　重厚《じゅうこう》にして

九尺の　槍、薙刀《なぎなた》の　対《つい》の柄の　古《こ》りし蒔絵《まきえ》や　石突《いしづき》の鉄

南蛮鉄《なんばんてつ》を　以て鍛へし　葵紋《あおいもん》　二代康継《やすつぐ》　直刃足入《すぐはあしい》る

研ぎ（三）

紫《むらさき》の斑《ふ》

研ぎ進み　見事な刃文　出でてきて　寿命《じゅみょう》の刀　匂出来《においでき》なる

人工の　改正砥面《かいせいどつら》　直《なお》しつつ　思ふその持つ　確かな威力《いりょく》

改正の　軟《やわ》き砥石の　研磨力　侮《あなど》り難《がた》く　思ひつつ研ぐ

真白《ましろ》なる　細名倉砥《こまなぐらど》を　水満《みずみ》てる　研桶《とぎおけ》ゆ出《で》し　今日は研磨す

細名倉《こまなぐら》に　時を掛《か》けつつ　この研ぎの　成果いかがと　ひそかに期《き》せり

表磨《おもてず》り　流す愛用の　地引砥《じびきど》に　紫《むらさき》の斑入《ふい》る　星の如くに

隣接《りんせつ》の　砂利採取場　操業の　ふと止みたれば　窓明けて研ぐ

磨《す》り減《へ》りし　砥石を砕《くだ》き　角《かど》を当《あ》て　刀樋《とうひ》研ぎをり　眼凝《まなこ》《こ》らして

昔日《せきじつ》に　ありとし開《ひら》ける　早研ぎの　こと思ひつつ　研げり夜更《よふ》けを

数振の　刀地引砥　次々と　幾日《いくじつ》もかけて　済めるが並ぶ

修正を　幾度も重ね　斑《むら》のなく　拭ひをかけて　灯《ひ》に点検《てんけん》す

窓外に　茂る胡桃《くるみ》を　伐採《ばっさい》し　研場明るく　なりて仕事す

鍛刀所の　土間に影して　揺《ゆ》らぎをり　日の好《よ》き今日《きょう》を　揚《あ》げし幟《のぼり》の

異風なる　この造込み　駿河《するが》なる　島田か陸奥《むつ》の　舞草《もぐさ》の鍛治か

軍刀に　仕込みしままに　経過《けいか》せる　筒井紀充《つついきじゅう》を　今日拝見す

紀充の刀　入手したれば　その父の　包国《かねくに》と今　大小揃《だいしょうそろ》ふ

毀誉褒貶《きようほうへん》　意中《いちゅう》になくて　一途《いちず》なる　無銘の鍛冶の　打ちし刀か

○毀誉褒貶―悪口を言うこととほめること

研ぎ直し　したる備州の　経家《つねいえ》の　太刀の予想を　越えし優美さ

透かし見て　仄明《ほのあか》るまで　鳴滝《なるたき》の　砥石《といし》を摩《す》りて　地艶《じづや》を作る

研ぎ半ば　にて幾日も　過ぎたるを　ふと思ひをり　バスの車中に

見廻りに　きたる研場に　風の止む　夕べ丹念に　拭《ふ》き清めをり

野太刀《のだち》

とちぎ博　祝《しゆく》して鍛《きた》ふ　展示刀　野太刀《のだち》と決めて　積《つ》み沸《わか》しせり

下鍛へ　済みたる鋼《はがね》　一角《ひとすみ》に　並べて置《お》けり　時到《ときいた》る迄《まで》

鍛刀所に　しきり出入りし　巣造りを　番《つがい》の燕《つばめ》　愈々《いよいよ》始む

焼入れの　炉中極限の　五分間　秒速を讀《よ》む　満《まん》を持《じ》しつつ

息をのみ　祈りをこめて　焼入るる　刃長四尺五寸の太刀を

大太刀を　焼入れし時　水槽《すいそう》の　水は蒸気《じょうき》と　なりて飛散《ひさん》す

水槽の　中灼熱《しゃくねつ》の　刀身の　一部は尚《なお》も　赤く息《いき》づく

焼入れし　刹那激動《せつなげきどう》　水槽に　とよみて軈《やが》て　消ゆる刻々《こくこく》

冴《さ》え

中心錆《なかごさび》　外《はず》れ現《あら》はれて　きし銘《めい》の　微《かす》かに残る　腰反《こしぞ》りの太刀

その地刃の　さすがに冴《さ》えて　身中《しんちゅう》を　冷気《れいき》貫《つらぬ》く　如き村正《むらまさ》

その銘も　鉄味《てつあじ》もよし　村正の　中心独自《なかごどくじ》の　たなご腹《ばら》にて

室町の　備後《びんご》の国の　貝三原《かいみはら》　直刃の刀　程よく反《そ》れり

大和鍛治の　流れ汲むという　備後《びんご》なる　室町の代《よ》の　この貝三原《かいみはら》

小反りものと　極《きわ》めのありて　この太刀の　先細りつつ　枯《か》れし優美《ゆうび》さ

格《かく》調《ちょう》

相州の　この綱広の　皆焼《ひたつら》の　刀夢幻《むげん》の　雰囲気に満つ

辛酉《かのととり》　この浪華住《なにわじゅう》　月山の　作の刀の　高き格調

小糠肌《こぬかはだ》　地鉄に破綻《はたん》　なき直刃　肥前忠吉《ひぜんただよし》　銘の優刀

力王《りきおう》の　大太刀を研ぎ　痛む肩　陽だまりに座《ざ》し　ひとり指圧す

一度のみ　成りし長谷部《はせべ》の　地肌にて　鍛刀記録に　拠《よ》るも為《な》し得《え》ず

細手《さいで》濯《た》く

美濃の刀　研ぐに鋭く　巻《まき》細手《さいで》　幾度か切れて　手に及びたり

細手《さいで》濯《た》ぎ　溢《あふ》れる水は　音立てて　研場の中の　溝を流るる

研ぎの間の　区切りとしつつ　念入りに　細手濯《さいですす》ぎて　気分を転ず

刃毀《はぎ》れの　しやすき硬き　鋼《はがね》にて　終始念頭に　置きて研磨す

陽の移る　光りに合わせ　照明を　変へつつ研ぎて　一日過す

今日の日に　為さねばならぬ　工程の　終りに近く　夜を刀研ぐ

新らしく　建てし研場の　六坪の　床なじみつつ　研ぎ汁の染む

両側より　夫々《それぞれ》溝に　傾斜せる　研場床板　桧《ひのき》の匂ふ

酷暑《こくしょ》の日々　研ぎにいそしみ　鍛刀の　仕事に備へ　爽秋《そうしゅう》を待つ

○爽秋―さわやかで心地よい秋

機《き》微《び》

バランスの　よく巾広き　定寸を　越えし刀の　重くなき機微

○機微《きび》―容易には察せられない微妙な事情

蔵中《くらなか》の　うす暗《くら》がりに　長持に　束《たば》ねて刀　ありたる記憶

懇《ねんご》ろに　打粉し拭ひ　かざし見て　刀座《かたなざ》を占《し》む　わが空間に

終戦時　切断したる　中心《なかご》にて　奥州宇多郡　国正の銘

幾百年　歳月《さいげつ》を経て　北国の　刀独特の　肌の荒れつつ

長崎の　出島あたりの　作ときく　幾多異人を　彫る象牙鞘
出土せる　かの直刀の　錆をとり　研ぎて地金を　見たき衝動《しょうどう》

研　ぎ（四）

合《あわ》せ砥《ど》

丹波地方産としきける　青色に　紫がかる　この合《あわ》せ砥《ど》は

墨をする　如く力を　抜きて摩《す》る　表摩《おもてず》りにて　刃引きの砥面《とめん》

刀身は　熱を帯びきぬ　合せ砥を　限りなく引き　研磨しをれば

緩急《かんきゅう》の　よろしきを得て　合せ砥を　引きて終日　他意《たい》なく過す

○他意—他の考え

ボク綿《わた》を　支《ささ》へるのみの　力にて　拭ひ刀に　時《とき》かけて差す

体力と　気魂《きこん》によりて　鎬地《しのぎじ》の　磨き光りも　色も相違《そうい》す

○気魂―きはく

美《び》を求め　夢を追ひつつ　今生《こんじょう》を　刀打ち又　そを研ぎて経る

研場より　出でては仰ぐ　花梨《かりん》の実　寄り生《い》りたれば　枝の撓《たわ》みて

空《くう》

この太刀に　彫られし空の　一字から　思考遥《はる》かに　展《ひろ》がりてゆく

正直《まさなお》の　銘の刀が　幾振も　縁《えん》に引かれて　ここにあつまる

平戸左は　裏の中心に　左と彫りて　右と讀ませる　謂《いわ》れのありて

反りのなき　虎徹一派の　刀にて　二尺六寸　三善長道《みよしながみち》

内反りの　この短刀の　切先の　燒《やき》の火焔《かえん》が　醸《かも》す激動

手柄山　正繁の刃文　五の目なる　両刃《もろは》の剣を　研磨にかかる

からかさの　柄に仕込まれて　所持されし　細身直刀　加減して研ぐ

拵《こしらえ》

四振の　各拵への　銅と銀・竹と象牙と　目釘異なる

金具には　慶長金《けいちょうきん》の　塗金《ときん》され　この拵への　図絵《ずえ》は鳳凰《ほうおう》

細直刃《ほそすぐは》　昔の研ぎの　この太刀の　真価《しんか》をしれる　客あり今日は

未精錬　銅の地金の　山金《やまがね》の　時代つきつつ　独自の光り

総金具　鞘は入子の　つくりにて　殿中差《でんちゅうざし》は　豪華《ごうか》に古《ふる》し

目貫布袋《めぬきほてい》　小柄福神《こづかふくじん》　縁頭《ふちがしら》　三国志図《さんごくしず》の　短刀拵《こしらえ》

寒入りの　夜なれど今日は　名品の　拵を得て　仄々過《ほのぼのすご》す

朱《しゅ》銘《めい》

肥前国　忠吉朱銘　ある刀　本領を見《み》す　研ぎゆく程《ほど》に

その反りも　巾も頃合ひ　広直刃《ひろすぐは》　小糠肌《こぬかはだ》はも　この忠吉の

刃砥《はと》地砥《じと》の　充分ききて　肌中《はだなか》に　無数の地沸《じにえ》　強くきらめく

まぎれなく　吉野朝期の　最上作　大磨上《おおすりあ》げの　無銘の刀

風格

波《なみ》の平《ひら》　守安《もりやす》作の　風格を　持つ刀にて　余塵《よじん》を拝《はい》す

○余塵―前人の昔から伝っている風習

重ね薄《うす》く　フクラ枯れたる　先反りの　短刀延文《たんとうえんぶん》　貞治《ていじ》型にて

平和なる　時代映《うつ》して　応永の　刀は優《やさ》し　鳥居《とりい》反りなる

鎌倉中期　上々作の　区《まち》送り　無銘の刀　二尺六寸

腰反りの　強き細身の　行平《ゆきひら》の　時代古《こ》りたる　この太刀姿

肌柾目《はだまさめ》　みだれ映《うつ》りの　丁字《ちょうじ》刃は　鵜飼雲次《うかいうんじ》か　大和助光《すけみつ》

迫力と　覇気《はき》の漲《みなぎ》る　泰竜斉《たいりゅうさい》　宗寛造《そうかんつくり》の　異風長巻《ながまき》

裁断銘《さいだんめい》　ある兼元《かねもと》の　切味の　凄《すご》さを蔵《ぞう》す　刀身の冴《さ》え

鰞《うお》に似《に》て　くずせる兼《かね》を　銘《めい》に切る　刀工多き　美濃の一門

縁ありて　続きて三振　入手せる　仕込《しこみ》の杖《つえ》を　並べ展示す

夕《ゆう》凪《なぎ》

偽銘《ぎめい》さへ　なければ優《ゆう》に　上々作《じょうじょう》　この貞宗《さだむね》に　似たる刀は

兼光の　この大太刀の　体配が　吾《われ》をいざなふ　南北朝期

重刀の　力量正に　あると見つ　通し樋《ひ》深く　棟《むね》厚き太刀

小錵《こにえ》深き　刃中金線《きんせん》　砂流《すなが》し　五の目足入る　虎徹の刀

八寸に　満たぬ細身の　短刀に　夕凪《ゆうなぎ》の如く　稚味《がみ》は漂《ただよ》ふ

○夕凪―夕方、波風がなぐこと

黒柿《くろがき》の　この拵《こしら》えの　総金具　純銀紋様《もよう》　大閤《たいこう》の桐《きり》

誰《た》が佩《は》きて　行きしは何方《どなた》　軍刀は　逆丁字《さかちょうじ》刃の　法華三郎《ほっけさぶろう》

○何方―「だれ」の丁寧な言い方

あいくちに　しつらへたるは　菊池槍　無銘なれども　延寿の一派

吾が研ぎて　心に残る　短刀が　「伝貞宗」の　認定を受く

包平《かねひら》の　刀合《あわ》せ砥《ど》　研ぐほどに　無念となりて　時を経過す

軽妙《けいみょう》な　美濃赤坂の　長盛《ながもり》の　菖蒲《しょうぶ》作りの　反れる脇差

正宗作　この一腰は　古刀にて　時代不明の　藤島一派

江戸時代　九州肥前　宗次の　他とは異なる　中心《なかご》のつくり

なぎなたの　銘は吉次《よしつぐ》　古青江《こあおえ》の　その作品は　少なき一派

仕込杖《しこみづえ》　五振ケースに　並べられ　刀剣展の　一画を占《し》む

江戸時代　初期の作にて　短刀が　納められたる　茶掛拵《ちゃがけこしらえ》

大長巻《おおながまき》　摺上《すりあ》げられし　文永の　筑前博多　西蓮《さいれん》の太刀

十年余　愛用したる　内雲《うちぐも》り　刃砥《はと》のさすがに　薄くなりたる

再びは　購《あがな》ひ難き　真白《ましろ》なる　よき細名倉《こまなぐら》　愛《お》しみつ研ぐ

さくさくと　時には軽く　そして又　重厚《じゅうこう》に引く　内雲砥を

研ぐごとに　水にて流し　晴らすべく　同じ動作を　幾千回す

刃と映り　分離してきて　古備前の　細かき地肌　現はれ始む

後記

研ぎを始めてから今日まで二十余年に亘る『沃野』『音』の歌誌に掲載された日本刀に関する短歌を集めました。

私は、日本刀の研ぎによって健康と生き甲斐を取り戻し、新しい人生が展けたことに心から感謝をしております。

修業は決して安易なものではなかったですが、ひたむきな努力に終始して明け暮れた歳月がこの上なくなつかしく、貴重な体験をいたしました。

ここに、研ぎの指南を受けた福津久刀匠の協力を願って、共々、日本刀讃歌四百十九首を収録いたしました。

日本刀に関心を寄せられる方々のご披見《ひけん》をいただければ幸甚《こうじん》です。

平成六年　吉日

（株）「さむらい　刀剣博物館」開館を記念して

研師　柳田　一

歌集　日本刀

二〇二四年十月一日　初版発行

著　者　研師　柳田　一

編　修　刀匠　福津久

発行者　堀切幸治

発行所　株式会社アイシーメディックス
〒一〇一−〇〇二五　東京都千代田区神田佐久間町三丁目九番
電　話　〇三−三八六四−四〇〇五
URL　icmedix.com

発売所　株式会社星雲社（共同出版社・流通責任出版社）

印刷所　日本ハイコム株式会社

編集協力　旺麗言舎

制作協力　美術日本刀鍛錬研磨柳田研究所
〒三二一−四五〇六　栃木県真岡市大根田二〇−九
電　話　〇二八五−七四−〇五四五（代）

ISBN978-4-434-34808-2